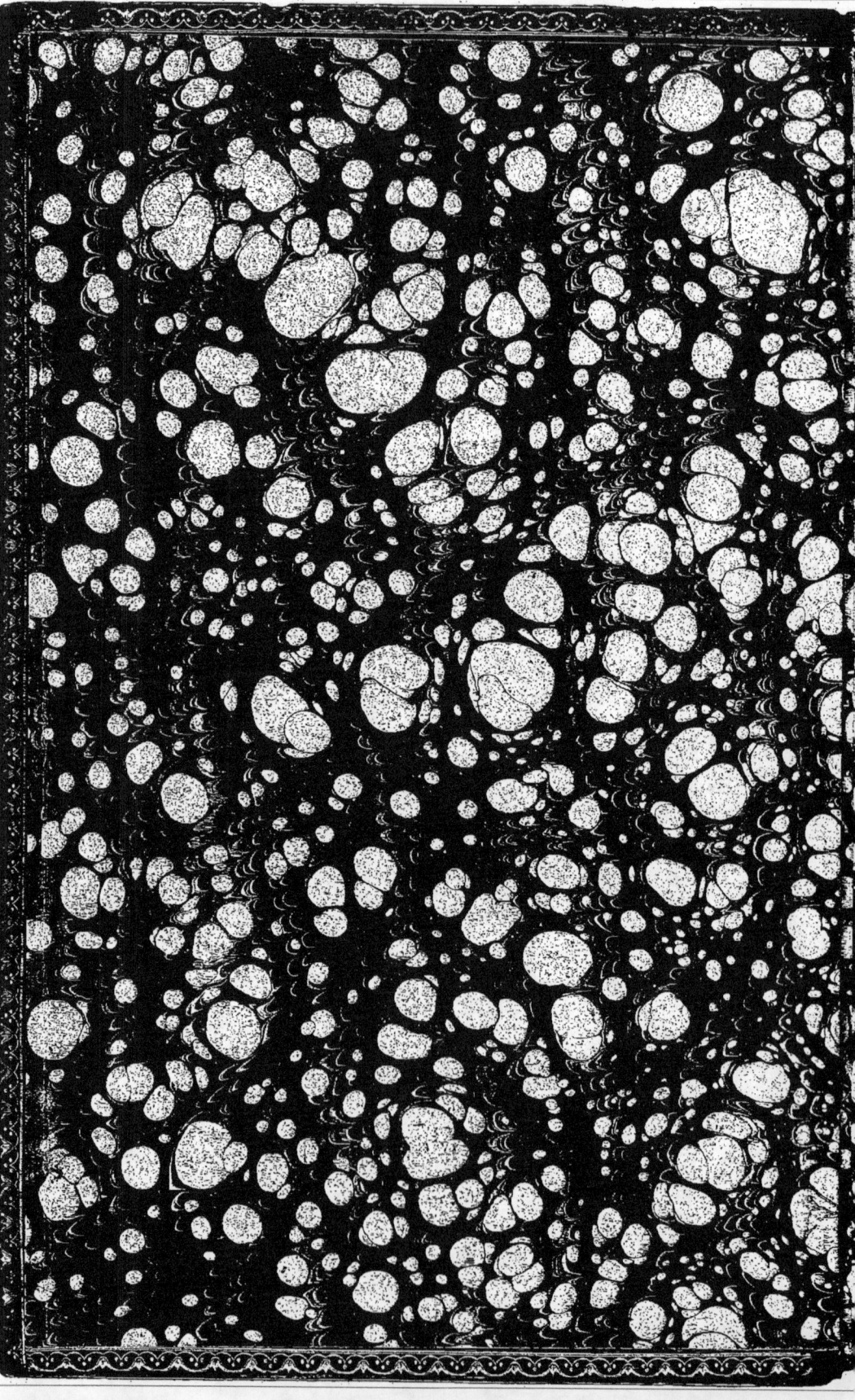

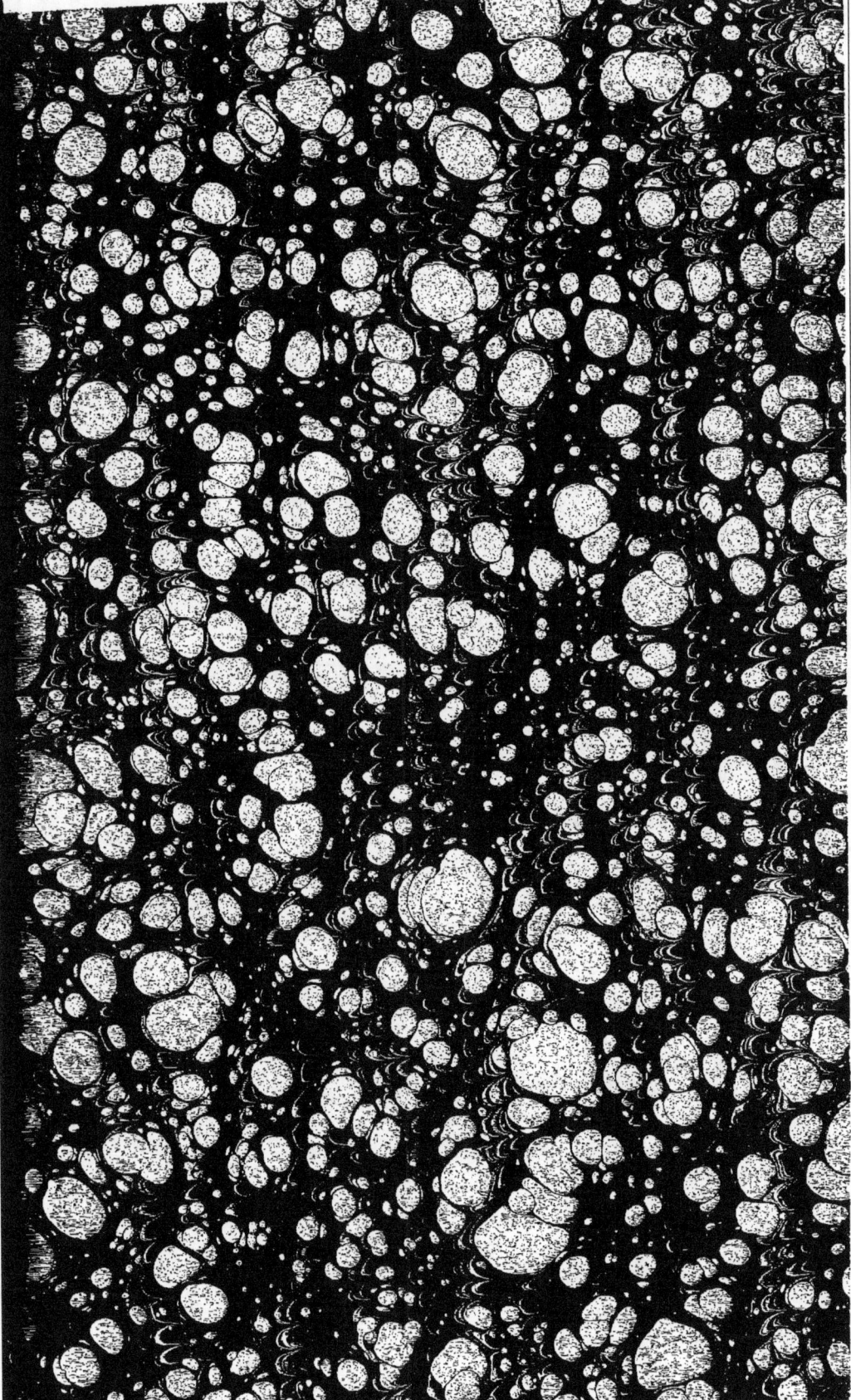

6605
Ae.3.

(C.)

3402

Le

FABLES

DE

LA FONTAINE

—

TOME III

IMPRIMERIE DE H. FOURNIER ET COMP., 14 RUE DE SEINE

GRANDVILLE

BREVIERE

LAISNE

BEST
BELHATTE

MAURISSET

CAQUE
CHAUCHEFOIN. N.

PIAUD

CHEVAUCHET

SEARS

RAMBERT

DUJARDIN
GUILLAUMOT

VERDEIL

FABLES

DE LA FONTAINE

IMPRIMERIE DE FOURNIER
RUE DE SEINE

FRANÇAIS DEL.   SEARS. SC.

FABLES

DE

LA FONTAINE

ILLUSTRÉES

PAR

J. J. GRANDVILLE

TOME III

PARIS

H. FOURNIER AÎNÉ, ÉDITEUR

RUE DE SEINE, 16

M DCCC XL

AVIS DE L'ÉDITEUR

Les Illustrations des FABLES DE LA FONTAINE par
M. Grandville ont reçu du public l'accueil le plus favo-
rable. Les nombreux admirateurs du poète ont retrouvé
dans les compositions de l'artiste l'interprétation, aussi
ingénieuse qu'habilement rendue, du sens moral de la
fable; auprès des lecteurs plus jeunes ou moins familiers
avec les inimitables productions du fabuliste, l'application
des mœurs et des usages de la vie réelle a été pour l'intel-
ligence de l'allégorie un puissant auxiliaire.

De là le succès aussi vif que durable qu'a obtenu notre
publication. De là aussi les demandes qui nous ont été
adressées par la plupart de nos souscripteurs pour qu'à
l'illustration primitive, composée de cent vingt sujets, vînt
se joindre celle des cent vingt autres fables.

Il fallait que la certitude d'avoir répondu à l'attente
générale fût constatée par les faits, pour déterminer
M. Grandville à compléter une œuvre limitée, non par
aucune prédilection, mais par un doute honorable et
consciencieux; à achever une tâche féconde en difficultés
de tout genre, et dont le parfait accomplissement exigeait
toutes les ressources de l'art.

En livrant au public cette collection nouvelle, nous osons
espérer que sous les rapports de la composition et du
dessin, comme sous ceux de la gravure et de l'impression,
il la jugera sinon supérieure à la première, tout au moins
également digne de sa bienveillance.

LISTE

DES

CENT VINGT FABLES

contenues dans la

SECONDE SÉRIE

DES

Illustrations de Grandville

—◦❧◦—

LIVRE I.

1	La Besace.	Fable	7
2	L'Hirondelle et les petits Oiseaux.		8
3	L'Homme et son Image.		11
4	Le Dragon à plusieurs têtes et le Dragon à plusieurs queues.		12
5	Simonide préservé par les Dieux.		14
6	La Mort et le Malheureux.		15
7	Les Frèlons et les Mouches à miel.		21
8	Le Chêne et le Roseau.		22

LIVRE II.

9	Contre ceux qui ont le goût difficile. . . .	Fable	1
10	La Chauve-Souris et les deux Belettes. . . .		5
11	L'Oiseau blessé d'une flèche.		6
12	L'Aigle et l'Escarbot.		8
13	L'Ane chargé d'éponges et l'Ane chargé de sel. .		10
14	Le Lion et le Rat.		11
15	Le Coq et le Renard.		15
16	Le Paon se plaignant à Junon.		17
17	Le Lion et l'Ane chassant.		19
18	Testament expliqué par Ésope.		20

LIVRE III.

19	Les Membres et l'Estomac.	Fable	2
20	L'Aigle, la Laie et la Chatte.		6
21	L'Ivrogne et sa Femme.		7
22	Le Lion abattu par l'Homme.		10
23	Le Cygne et le Cuisinier.		12
24	Les Loups et les Brebis.		13
25	Philomèle et Progné.		15
26	La Femme noyée.		16
27	La Belette entrée dans un grenier.		17

LIVRE IV.

28	Le Berger et la Mer.	Fable	2
29	La Mouche et la Fourmi.		3
30	Le Combat des Rats et des Belettes.		6
31	Le Singe et le Dauphin.		7
32	L'Homme et l'Idole de bois.		8
33	Le Chameau et les Bâtons flottants.		10

34 Tribut envoyé par les animaux à Alexandre. . Fable 12
35 Le Cheval s'étant voulu venger du Cerf. . . . 13
36 Le Loup, la Mère et l'Enfant. 16
37 Parole de Socrate. 17
38 L'Oracle et l'Impie. 19

LIVRE V.

39 Le Bûcheron et Mercure. . . , . . . Fable 1
40 Les Oreilles du Lièvre. 4
41 La Vieille et les deux Servantes. 6
42 Le Satyre et le Passant. 7
43 Le Laboureur et ses Enfants. 9
44 La Fortune et le jeune Enfant. 11
45 La Poule aux Œufs d'or. 13
46 Le Cerf et la Vigne. 15
47 Le Lion s'en allant en guerre. 19

LIVRE VI.

48 Le Pâtre et le Lion. . . . . Fable 1
49 Phébus et Borée. 3
50 Jupiter et le Métayer. 4
51 Le Mulet se vantant de sa généalogie. 7
52 Le Cerf se voyant dans l'eau. 9
53 L'Ane et ses Maîtres. 11
54 Le Soleil et les Grenouilles. 12
55 Le Lion malade et le Renard. 14
56 L'Oiseleur, l'Autour et l'Alouette. 15
57 Le Cheval et l'Ane. 16
58 Le Chartier embourbé. 18
59 Le Charlatan. 19
60 La Discorde. 20

— 10 —

LIVRE VII.

61 Le mal Marié . . . . Fable 2
62 La Fille. 5
63 Les Souhaits. 6
64 Les Vautours et les Pigeons. 8
65 La Laitière et le Pot au lait. 10
66 L'Homme qui court après la Fortune , et l'Homme
     qui l'attend dans son lit. 12
67 L'ingratitude et l'injustice des Hommes envers la
     Fortune. 14
68 Les Devineresses. 15
69 La Tête et la Queue du Serpent. 17
70 Un animal dans la Lune. 18

LIVRE VIII.

71 La Mort et le Mourant. . . . . . . Fable 1
72 Le Lion , le Loup et le Renard. 3
73 Le Pouvoir des Fables. 4
74 L'Homme et la Puce. 5
75 Le Rieur et les Poissons. 8
76 Les deux Amis. 11
77 Tircis et Amarante. 13
78 L'Horoscope. 16
79 Le Bassa et le Marchand. 18
80 L'Avantage de la Science. 19
81 Jupiter et les Tonnerres. 20
82 Le Faucon et le Chapon. 21
83 L'Éducation. 24
84 Démocrite et les Abdéritains. 26

LIVRE IX.

85	Le Dépositaire infidèle.	Fable	1
86	Le Statuaire et la Statue de Jupiter.		6
87	La Souris métamorphosée en Fille.		7
88	Le Fou qui vend la Sagesse.		8
89	Rien de trop.		11
90	Le Cierge.		12
91	Jupiter et le Passager.		13
92	Le Mari, la Femme et le Voleur.		15
93	Le Trésor et les deux Hommes.		16
94	Le Milan et le Rossignol.		18

LIVRE X.

95	L'Homme et la Couleuvre.	Fable	2
96	L'Enfouisseur et son Compère.		5
97	L'Araignée et l'Hirondelle.		7
98	La Perdrix et les Coqs.		8
99	Le Berger et le Roi.		10
100	Les deux Perroquets, le Roi et son Fils.		12
101	Les deux Aventuriers et le Talisman.		14
102	Les Lapins.		15

LIVRE XI.

103	Les Dieux voulant instruire un fils de Jupiter.	Fable	2
104	Le Songe d'un habitant du Mogol.		4
105	Le Paysan du Danube.		7

LIVRE XII.

106	Les Compagnons d'Ulysse.	Fable 1
107	Le vieux Chat et la jeune Souris.	5
108	La Chauve-Souris, le Buisson et le Canard. . .	7
109	La Querelle des Chiens et des Chats, et celle des Chats et des Souris.	8
110	Le Roi, le Milan et le Chasseur.	12
111	L'Amour et la Folie.	14
112	La Forêt et le Bûcheron.	16
113	Le Renard et les Poulets d'Inde.	18
114	Le Singe.	19
115	Le Philosophe Scythe.	20
116	Un Fou et un Sage.	22
117	Le Renard Anglais.	23
118	Le Soleil et les Grenouilles.	24
119	Daphnis et Alcimadure.	27
120	Le Juge arbitre, l'Hospitalier et le Solitaire. .	28

FABLES

LIVRE I.

LA BESACE

L'HIRONDELLE ET LES PETITS OISEAUX

L'HOMME ET SON IMAGE

LE DRAGON A PLUSIEURS TÊTES
ET LE DRAGON A PLUSIEURS QUEUES

SIMONIDE PRÉSERVÉ PAR LES DIEUX.

LA MORT ET LE MALHEUREUX

LES FRELONS ET LES MOUCHES A MIEL

LE CHÊNE ET LE ROSEAU

CONTRE CEUX QUI ONT LE GOUT DIFFICILE

LA CHAUVE=SOURIS ET LES DEUX BELETTES

L'OISEAU PERCÉ D'UNE FLÈCHE

L'AIGLE ET L'ESCARBOT

L'ANE CHARGÉ D'ÉPONGES, ET L'ANE CHARGÉ DE SEL

LE LION ET LE RAT

LE COQ ET LE RENARD

LE PAON SE PLAIGNANT A JUNON

LE LION ET L'ANE CHASSANT

TESTAMENT EXPLIQUÉ PAR ÉSOPE

LES MEMBRES ET L'ESTOMAC

L'AIGLE, LA LAIE, ET LA CHATTE

L'IVROGNE ET SA FEMME

LE LION ABATTU PAR L'HOMME

LE CYGNE ET LE CUISINIER

LES LOUPS ET LES BREBIS

PHILOMÈLE ET PROGNÉ

LA FEMME NOYÉE

LA BELETTE ENTRÉE DANS UN GRENIER

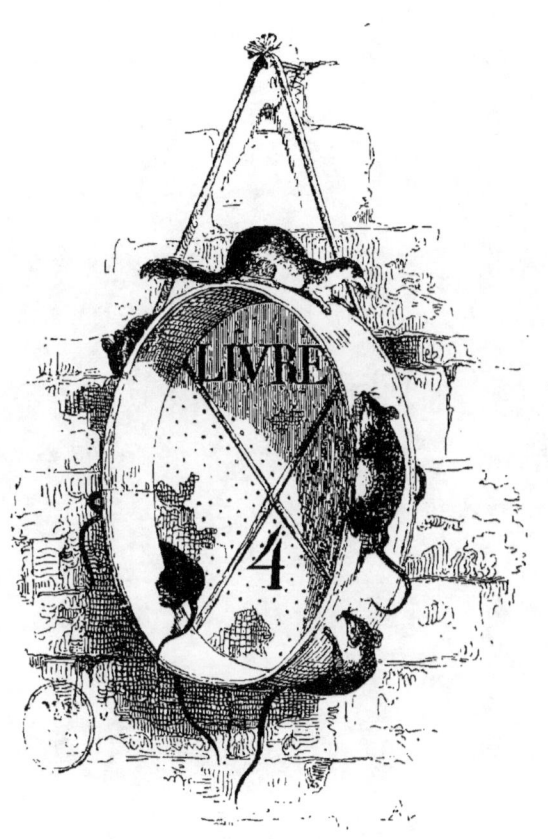

LIVRE

4

LE BERGER ET LA MER

LA MOUCHE ET LA FOURMI

LE COMBAT DES RATS ET DES BELETTES

LE SINGE ET LE DAUPHIN

L'HOMME ET L'IDOLE DE BOIS

LE CHAMEAU ET LES BATONS FLOTTANTS

TRIBUT ENVOYÉ PAR LES ANIMAUX A ALEXANDRE

LE CHEVAL S'ÉTANT VOULU VENGER DU CERF

LE LOUP, LA MÈRE ET L'ENFANT

PAROLE DE SOCRATE

L'ORACLE ET L'IMPIE

LE BUCHERON ET MERCURE

LES OREILLES DU LIÈVRE

LA VIEILLE ET LES DEUX SERVANTES

LE SATYRE ET LE PASSANT

LE LABOUREUR ET SES ENFANTS

LA FORTUNE ET LE JEUNE ENFANT

LA POULE AUX ŒUFS D'OR

LE CERF ET LA VIGNE

LE LION S'EN ALLANT EN GUERRE

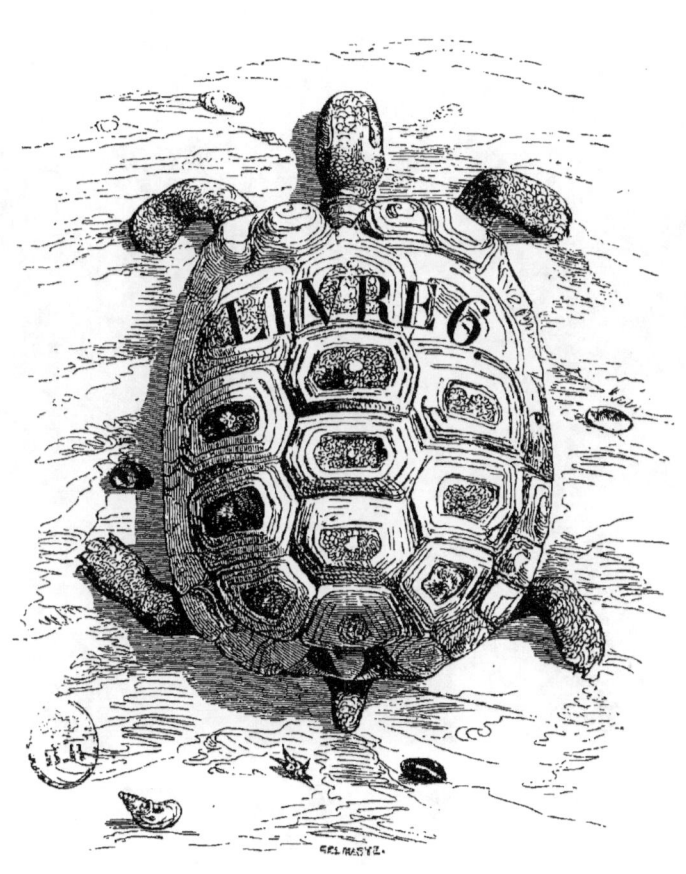

LE PATRE ET LE LION

PHEBUS ET BOREE

JUPITER ET LE MÉTAYER

LE MULET SE VANTANT DE SA GÉNÉALOGIE

LE CERF SE VOYANT DANS L'EAU

L'ANE ET SES MAITRES

LE SOLEIL ET LES GRENOUILLES

LE LION MALADE ET LE RENARD

L'OISELEUR, L'AUTOUR ET L'ALOUETTE

LE CHEVAL ET L'ANE

LE CHARRETTIER EMBOURBÉ

LE CHARLATAN

LA DISCORDE

LE MAL MARIÉ

LA FILLE

LES SOUHAITS

LES VAUTOURS ET LES PIGEONS

LA LAITIÈRE ET LE POT AU LAIT

L'HOMME QUI COURT APRES LA FORTUNE

L'INGRATITUDE ET L'INJUSTICE DES HOMMES
ENVERS LA FORTUNE

LES DEVINERESSES

LA TÊTE ET LA QUEUE DU SERPENT

UN ANIMAL DANS LA LUNE

LIVRE 8

LA MORT ET LE MOURANT

LE LION, LE LOUP ET LE RENARD

LE POUVOIR DES FABLES

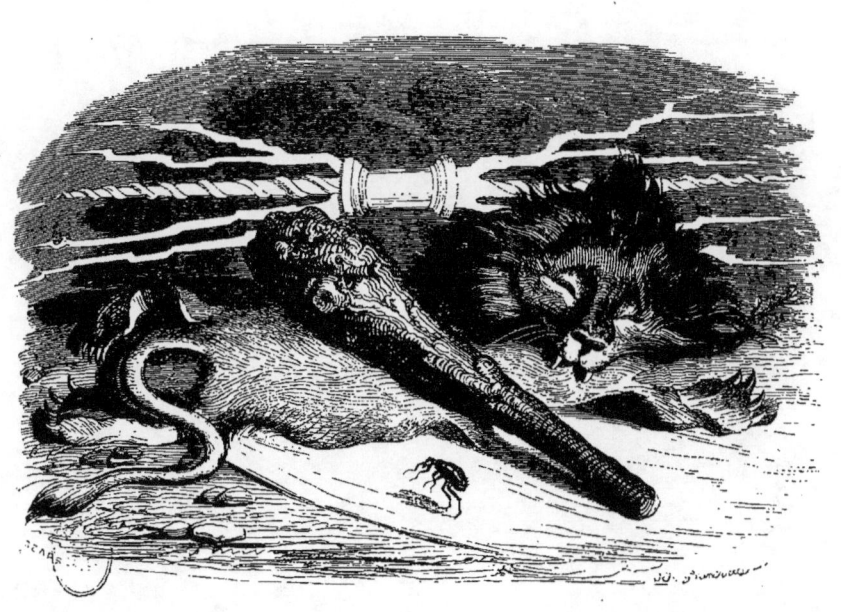

L'HOMME ET LA PUCE

LE RIEUR ET LES POISSONS

LES DEUX AMIS

TIRCIS ET AMARANTE

L'HOROSCOPE

LE BASSA ET LE MARCHAND

L'AVANTAGE DE LA SCIENCE

JUPITER ET LES TONNERRES

LE FAUCON ET LE CHAPON

L'EDUCATION

DÉMOCRITE ET LES ABDÉRITAINS

BRLVIERE.   J.J.Grandville

LE DÉPOSITAIRE INFIDELE

LE STATUAIRE ET LA STATUE DE JUPITER

LA SOURIS MÉTAMORPHOSÉE EN FILLE

LE FOU QUI VEND LA SAGESSE

RIEN DE TROP

LE CIERGE

JUPITER ET LE PASSAGER

LE MARI, LA FEMME ET LE VOLEUR

LE TRÉSOR ET LES DEUX HOMMES

LE MILAN ET LE ROSSIGNOL

L'HOMME ET LA COULEUVRE

L'ENFOUISSEUR ET SON COMPÈRE

L'ARAIGNÉE ET L'HIRONDELLE

LA PERDRIX ET LES COQS

LE BERGER ET LE ROI

LES DEUX PERROQUETS, LE ROI ET SON FILS

LES DEUX AVENTURIERS ET LE TALISMAN

LES LAPINS

LES DIEUX VOULANT INSTRUIRE UN FILS DE JUPITER

LE SONGE D'UN HABITANT DU MOGOL.

LE PAYSAN DU DANUBE

LIVRE 12

LES COMPAGNONS D'ULYSSE

LE VIEUX CHAT ET LA JEUNE SOURIS

LA CHAUVE-SOURIS, LE BUISSON ET LE CANARD

LA QUERELLE DES CHIENS ET DES CHATS,
ET CELLE DES CHATS ET DES SOURIS

LE ROI, LE MILAN ET LE CHASSEUR

L'AMOUR ET LA FOLIE

LA FORÊT ET LE BUCHERON

LE RENARD ET LES POULETS D'INDE

LE SINGE

LE PHILOSOPHE SCYTHE

UN FOU ET UN SAGE

LE RENARD ANGLAIS

LE SOLEIL ET LES GRENOUILLES

(LIVRE XII)

DAPHNIS ET ALCIMADURE

LE JUGE ARBITRE, L'HOSPITALIER ET LE SOLITAIRE

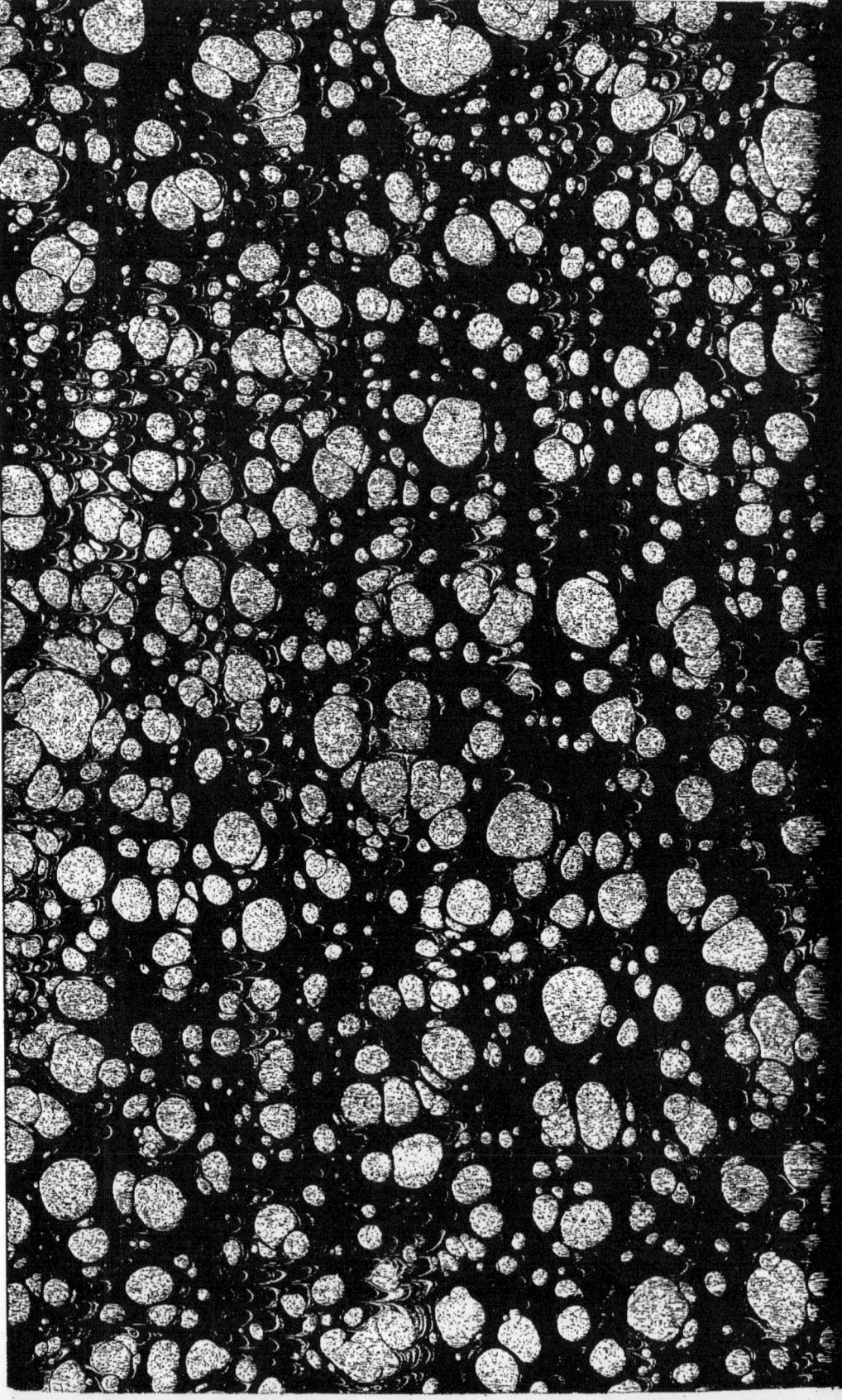

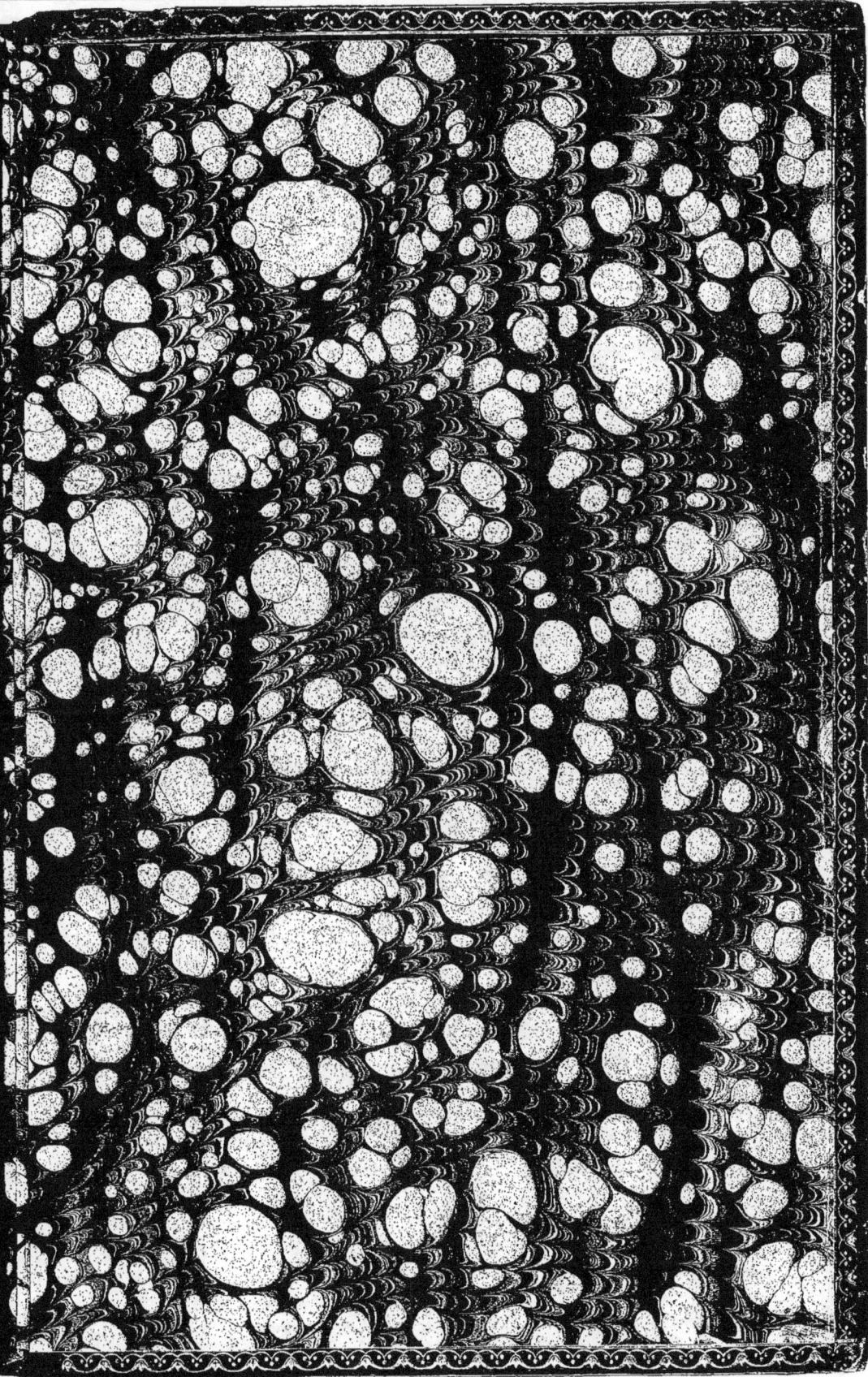

www.ingramcontent.com/pod-product-compliance
Lightning Source LLC
Chambersburg PA
CBHW071856020726
47502CB00003B/779